Guía de lectura

Escrita por Aurore Touya
Traducida por Laura Bernal Martín

Criadas y señoras

de Kathryn Stockett

ResumenExpress.com

Entiende fácilmente la literatura con

ResumenExpress.com

www.resumenexpress.com

KATHRYN STOCKETT

- **Nacida en 1969 en Jackson (Estados Unidos)**
- **Su obra:**
  - *Criadas y señoras* (2009), novela

Kathryn Stockett es una escritora contemporánea que nace en 1969 en el seno de una familia blanca en Jackson, en el estado de Misisipi (Estados Unidos). Tras estudiar Literatura y Escritura en la Universidad de Alabama se instala en Nueva York, donde trabaja durante varios años como editora para una revista. Desde el año 2001 vive en Atlanta, en el estado de Georgia.

Crece en Misisipi en los años setenta, por lo que se enfrenta en primera persona a la cuestión de la relación entre blancos y negros en Estados Unidos, y especialmente en los estados del Sur. Esta experiencia personal le proporciona una parte de la inspiración que alimenta su primera novela, publicada en 2009 en inglés, *Criadas y señoras* (*The Help*, título original).

CRIADAS Y SEÑORAS

UNA NOVELA POLIFÓNICA

- **Género:** novela
- **Edición de referencia:** Stockett, Kathryn. 2009. *Criadas y señoras*. Traducido por Álvaro Abella. Madrid: Maeva
- **Primera edición:** 2009
- **Temáticas:** racismo, escritura, trabajo, testimonio, sociedad estadounidense de los años sesenta

Criadas y señoras, traducida al español en 2009, es la primera novela de Kathryn Stockett. La autora trabajó cinco años en su redacción y sufrió decenas de rechazos antes de que el manuscrito fuera aceptado por una editorial. Esta dificultad para ser publicada contrasta con el gran éxito que cosechó desde el momento en que salió a la venta, tanto en Estados Unidos como en el extranjero.

Valiéndose de una estructura polifónica, la obra da voz a tres mujeres que viven en Jackson (Misisipi) en 1962. Las dos primeras, Aibileen y Minny, son negras, mientras que la tercera, Skeeter, es blanca. Esta última se hace preguntas sobre la legitimidad de la sociedad en la que las tres viven. Su proyecto de publicar un libro de testimonios acercará contra todo pronóstico a las tres mujeres y cuestionará las bases del estilo de vida estadounidense.

RESUMEN

La novela está dividida en 34 capítulos narrados alternativamente por Aibileen, Minny y Miss Skeeter, exceptuando el capítulo 25, relatado por un narrador externo. La historia transcurre en los Estados Unidos de los años sesenta, un periodo en el que el racismo estaba muy presente.

UN LIBRO DE DENUNCIA

Aibileen tiene cincuenta y tres años y trabaja en casa de los Leefolt como criada. Se ocupa de la pequeña Mae Mobley, desatendida por sus padres y con quien mantiene una estrecha relación.

La mejor amiga de Aibileen, Minny, también es una criada que, por desgracia, ha sido despedida de la casa de Miss Walter, acusada de robo por una mujer profundamente racista, Hilly Holbrook. De hecho, esta acaba de proponer que se instalen cuartos de baño separados para blancos y negros. Consciente de la injusticia que ha sufrido, Minny se venga de una forma inconfesable. Por suerte, enseguida encuentra trabajo en casa de Celia Foote, que la contrata en secreto. Para no perder su puesto, debe ceñirse a una regla: cuando Johnny Foote, el marido de Celia, llegue a casa antes de lo previsto, ella debe esconderse en el cuarto de baño. Sin embargo, un día se topa con él, pero se ponen de acuerdo para hacer como si no pasara nada.

Miss Skeeter, una joven de buena familia, vuelve a vivir a casa de sus padres después de sus años de estudio en la

Universidad de Ole Miss. Su madre sueña con casarla y, de hecho, le anuncia que dentro de poco la visitará Stuart Whitworth, que según ella es un buen partido. Skeeter queda con él, pero no tiene ganas de casarse. Lo que desea más bien es trabajar en una editorial en Nueva York. Siguiendo los consejos de Elaine Stein, una editora neoyorquina, logra que la contraten en el *Jackson Journal*, pero hereda una sección de consejos del hogar poco apasionante. Se siente lejos de las preocupaciones que sienten sus mejores amigas de la infancia, Hilly y Elizabeth, y se pregunta cuál era la sorpresa que le guardaba Constantine, la asistente doméstica que la crió, y por qué se había marchado de la casa antes de que regresara. Para obtener respuestas, le hace preguntas a Aibileen, que le da a entender que Constantine había sido despedida por culpa de su hija, ya que el color de piel de esta era muy claro. En realidad, Constantine fue despedida después de que su hija, de piel blanca, se hubiese comportado de una manera considerada inaceptable en casa de los Phelan.

Poco a poco, Aibileen se da cuenta de que Skeeter quiere «cambiar las cosas» (Stockett, 2009:30) y se lo cuenta a Minny. En ese mismo momento nos enteramos de que Robert, un joven negro, ha sido golpeado por dos blancos por haber utilizado un baño sin autorización, algo que impacta profundamente a Skeeter. Este crimen se repite más adelante cuando Medgar Evers, secretaria de la sección local de la NAAP (Asociación Nacional para el Progreso de las Personas de Color, por sus siglas en inglés), es asesinada por miembros del Ku Klux Klan. Entonces, la joven decide escribir un libro sobre la suerte de los negros y le propone a

Aibileen que colabore. Pero esta última, excusándose en los riesgos que correría participando en el proyecto, se niega a participar.

Elaine Stein se interesa por el proyecto de Skeeter, que le afirma que tiene la seguridad de que puede reunir testimonios, algo que en realidad dista mucho de ser cierto. Pero Aibileen llama a Skeeter y le anuncia que acepta dar sus testimonios y que va a hablarle de ello a Minny: la aventura del libro se pone en marcha. Minny le hace tomar consciencia de la seriedad de la situación: «Solo quiero estar segura de que esta *mujé* entiende que esto no es un juego» (Stockett 2009, 180). Sin embargo, esto no supone un freno y hace participar en el proyecto a otras criadas negras que también han aceptado colaborar.

UN PROYECTO QUE UNE

Skeeter acude en secreto a casa de Aibileen para comenzar la entrevista, pero su método no funciona bien y aplazan la sesión. Dos días más tarde vuelven a intentarlo: esta vez, Aibileen le lee a Skeeter lo que ha escrito de antemano. También le pide a la joven que le saque libros de la biblioteca pública reservada a los blancos. Skeeter aprovecha la ocasión para informarse en la biblioteca sobre las leyes de Jim Crow. Más tarde, Skeeter le revela a Aibileen que se ha olvidado la mochila en el que había guardado los libros sobre la condición de los negros en la liga en la que se reúnen las mujeres blancas y que la ha encontrado Hilly.

Al mismo tiempo, Hilly hace campaña con el objetivo de instalar baños reservados a las criadas, alegando que se trata de una medida de higiene.

Por su parte, Skeeter se pregunta sobre los motivos que han empujado a Stuart a romper con su prometida, Patricia, y sus padres conocen oficialmente a los Whitworth, aunque al final no hay pedida de mano.

Debido a un error voluntario de Skeeter, el jardín de los Holbrook está invadido de retretes antiguos. Hilly, que organiza la venta benéfica anual, rechaza la ayuda de Celia, que ha sufrido hacía poco un aborto. Se entera de que ahora Minny trabaja en casa de los Foote.

Celia se entera de que el marido de Minny la golpea. Ambas mujeres son agredidas por un exhibicionista y se defienden con valentía. Celia se prepara para la Gala, donde espera reconciliarse con Hilly. Pero el día del evento, a Celia le llaman la atención por su atuendo y esta le rompe el vestido a Hilly. Esta última gana el primer premio, que es una tarta de chocolate preparada por Minny. Entonces, Celia se burla de

Hilly, porque sabe que Minny, para vengarse de su despido, le había ofrecido a Hilly una tarta de chocolate antes de darle a entender que la había cocinado con sus excrementos.

El manuscrito, en el que se añade la anécdota de la tarta de Hilly por seguridad, es aceptado. El libro saldrá a la luz y la ciudad de Jackson se encuentra en plena efervescencia. Cuando es publicado, Hilly recibe un ejemplar de la obra.

El grupo de mujeres espera que Hilly afirme que el relato no trata sobre Jackson, sino sobre otra ciudad. De no ser así, todos se enterarían de que se comió la tarta de chocolate contaminada de Minny. Pero Hilly se da cuenta de que el libro habla de ella y amenaza en vano a Skeeter puesto que, por su propio bien, más vale que nunca se revele la identidad de la persona que se comió la tarta.

Skeeter decide marcharse a Nueva York, donde quiere contratarla una revista.

Por su parte, Minny deja a su marido, mientras que Aibileen es despedida de la casa de los Leefolt a petición de Hilly. A pesar de la tristeza que siente por tener que alejarse de Mae Mobley, encuentra consuelo imaginándose que sigue escribiendo.

ESTUDIO DE LOS PERSONAJES

AIBILEEN CLARK

Tiene 53 años y es la primera y la última de las tres narradoras que toma la palabra, lo que subraya su importancia. Trabaja como criada al servicio de la familia Leefolt, asiste en silencio a la mezquindad del día a día y se concentra discretamente en la educación de Mae Mobley. Aibileen encarna una forma de compasión y de amor universal: independientemente del color de la piel de la niña de la que se ocupa, la quiere como si fuera su propia hija. Pero esta ternura también se debe a la pérdida de su propio hijo, víctima de los prejuicios racistas sobre los que se construye la sociedad de Misisipi.

Aibileen también es la primera que acepta colaborar con Skeeter, primero para ayudarla a escribir sus crónicas sobre tareas del hogar y después para ofrecer su testimonio de forma anónima explicando su condición. Es un contrapunto de Skeeter: es negra y no blanca, pero tan inteligente como esta y consciente de la injusticia de la situación; es pobre y tuvo que dejar la escuela para ponerse a trabajar, y no procede de una familia burguesa que le haya posibilitado ir a la universidad. No obstante, se siente cómoda con las palabras y en realidad es sin saberlo una escritora, como lo demuestran sus plegarias, anotadas periódicamente en un diario, que se revelan como la primera fuente del libro colectivo.

MINNY JACKSON

Es la mejor amiga de Aibileen, y su carácter iracundo y su elocuencia la diferencian de la primera. Minny es «bajita y rechoncha y lleva unos brillantes rulos negros» (Stockett 2009, 19), y tiene 17 años menos que Aibileen. Es una excelente cocinera que no puede callarse si no está de acuerdo con algo y que no duda en vengarse si lo cree necesario, como demuestra el episodio de la tarta que le ofrece a Hilly.

Tras su apariencia de mujer fuerte se esconde una esposa infeliz y una madre de familia valiente. Minny encarna el difícil destino de los trabajadores en Jackson y, en términos más amplios, de las mujeres negras en Estados Unidos, que se ven obligadas a dejarse humillar en el trabajo y a cargar solas con la mayor parte del peso de las responsabilidades familiares.

EUGENIA «SKEETER» PHELAN

De las tres narradoras, es la única mujer blanca. Aunque pertenece a la buena sociedad de Jackson, son varios los elementos que hacen que se distinga del resto de jóvenes de su entorno y esto le permite adoptar una posición clave. Skeeter es una librepensadora, a diferencia de sus amigas Elizabeth y Hilly, atrapadas en las convenciones sociales, y aspira a emanciparse y a tener un trabajo que la interese, más que a tener un buen matrimonio y a tener hijos.

Le debe su apodo (*skeeter* significa «mosquito» en jerga estadounidense) a sus largos brazos y a sus esbeltas piernas, que le dan una apariencia desgarbada: el día de su nacimiento, ya tenía «las piernas largas y delgadas como las de un mosquito» y, «cuando crec[ió] un poco, el apodo [l]e cuadró más todavía debido a [su] nariz puntiaguda y afilada» (Stockett 2009, 65).

Cuenta con 22 años cuando acaba la universidad —es, por tanto, mucho más joven que Aibileen y que Minny— y es ella la que inicia la búsqueda como resultado de su idea de reunir el testimonio de las criadas, dando así lugar a reuniones secretas. En la sociedad que aparece representada en la novela, Skeeter representa una de las pocas consciencias que hacen que la segregación sea percibida como una situación injusta que no debería darse por hecho y que podría modificarse.

Además, Skeeter está caracterizada por su ambición de escribir, que choca con una presión familiar que quiere, ante todo, que encuentre a un buen marido. Esto convierte a su personaje en una figura de autor: el proyecto de recoger los testimonios es primero una forma de persuadir a Elaine Stein, la editora neoyorquina, de sus competencias profesionales. Así, la novela parece construir una narración enmarcada o puesta en abismo (procedimiento que consiste en insertar una obra de arte en otra): ¿y si el libro compilado por Skeeter fuera el que el lector tiene entre las manos? De hecho, el libro de Skeeter tiene, en su edición original, el mismo título que la novela (*The Help*), sus personajes son los mismos y también está escrito por varias personas. Por consiguiente, el personaje de Skeeter es un posible reflejo de la verdadera autora de la novela.

CHARLOTTE PHELAN

Representa a las últimas generaciones de propietarios de tierras blancos del sur de Estados Unidos que emplean a un gran número de negros, descendientes de esclavos, para trabajar en sus plantaciones. El tratamiento que le reserva a Constantine y a su hija pone de relieve la diferencia que establece entre blancos y negros. Sin ser voluntariamente malintencionada, se muestra incapaz de tomar consciencia de las injustas cortapisas que impone la sociedad en la que siempre ha vivido. La enfermedad que la corroe por dentro puede simbolizar el desmoronamiento de los valores de una sociedad anticuada, en la que la apariencia y un buen matrimonio prevalecen ante la independencia y el pensamiento libre.

HILLY HOLBROOK

Encarna el egoísmo y el racismo primarios, ocultos tras una apariencia de esposa perfecta y de ciudadana ejemplar. Por nada del mundo desea ver cambios en una sociedad en la que ha nacido en el lado bueno, en el seno de una familia blanca burguesa.

STUART WHITWORTH

En apariencia, se trata del pretendiente perfecto. Es el hijo de un hombre adinerado y al principio desagrada a Skeeter. Sin embargo, su relación evoluciona y les lleva al noviazgo. Pero Stuart encarna, en definitiva, aquello contra todo lo que lucha Skeeter en silencio: la hipocresía de los que ostentan el poder y quieren conservarlo. Esta relación, que acaba fracasando, le permite a Skeeter dejar clara su postura y hacer elecciones radicales en su vida, lo que le lleva a Nueva York, donde buscará su independencia profesional e intelectual.

CELIA FOOTE

Caracterizada por su ingenuidad y por su ignorancia en relación con las convenciones de la buena sociedad de Jackson, contrata a Minny en secreto para no tenerle que confesar a su marido que no sabe cómo llevar una casa. Su falta de prejuicios y su soledad la llevan a tejer lazos de amistad con su criada, que le tiene cariño y al mismo tiempo desconfía de ella. Celia también desempeña el papel de chivo expiatorio de la sociedad femenina blanca encarnada por Hilly: celosa de su matrimonio, menospreciada debido a su origen rural, aguanta burlas y humillaciones hasta que acaba por vengarse.

CONSTANTINE

A su pesar, pone en marcha el proyecto de Skeeter, ya que su desaparición empuja a la joven blanca a decidir interrogar a Aibileen y a Minny sobre la suerte de las criadas negras. Encarna la figura de la institutriz que sustituye en ciertos aspectos a la madre, lo que la sitúa en la herencia literaria de Margaret Mitchell (pensemos en el personaje de Mama en *Lo que el viento se llevó*) y de William Faulkner (sobre todo Dilsey en *El ruido y la furia*).

PERSONAJES SECUNDARIOS

Se dividen principalmente entre el grupo de las criadas (Kiki Brown, Yule May, Pascagoula, etc.) y el grupo de las familias blancas (Elizabeth y Raleigh Leefolt, los Phelan, Miss Walter, etc.).

CLAVES DE LECTURA

UNA NOVELA POLIFÓNICA

Criadas y señoras es una novela con una estructura que puede calificarse de polifónica: cada capítulo le da voz a un personaje que narra desde su punto de vista un episodio de la historia. Esta alternancia de voces que construyen el relato es la que hace que la trama progrese poco a poco: tres mujeres —Aibileen, Minny y Skeeter— se turnan para narrar cronológicamente los acontecimientos que marcan el ritmo de la vida de las familias blancas burguesas de la ciudad de Jackson y de sus criadas.

Este tipo de construcción narrativa permite varias cosas:

- en primer lugar, la historia se presenta de tres formas distintas, según los tres puntos de vista que acabamos de mencionar. El estilo de cada una de las narradoras es claramente identificable: Skeeter, que ha estudiado en la universidad, se expresa utilizando un lenguaje culto, mientras que el de Aibileen y más simple y el de Minny está lleno de expresiones coloquiales («Además de estar aterrorizada en esta casa, estoy hasta las narices y muy cansada de que otra persona haga pasar mi comida por suya. Además de mis hijos, mi cocina es lo único de lo que me siento orgullosa en esta vida» (Stockett 2009, 138). Esto llama la atención sobre un trabajo de idiosincrasia, es decir, la forma particular y singular que tiene cada personaje de utilizar las palabras: las tres mujeres hablan de una forma distinta, en función de su clase social;

- por tanto, se plantean tres perspectivas y tres sensabilidades sobre una misma historia: multiplicando los puntos de vista, Stockett subraya la complejidad de la situación, que puede comprenderse desde diversos ángulos, todos igual de válidos;
- además, la construcción polifónica permite entrelazar las voces: Aibileen, Minny y Skeeter no se constituyen bajo la forma de tres bloques sucesivos, sino una tras otra, cediéndose constantemente la palabra. La novela permite lo que la sociedad retratada prohíbe, es decir, la circulación de pensamiento y de palabra, la confluencia de perspectivas. Mientras que Misisipi se encuentra escindido, con los blancos por una parte y los negros por otra, la novela aúna a ambos grupos sociales a través de la literatura fusionando las voces de las tres mujeres;
- finalmente, la polifonía le confiere al relato un gran dinamismo: cada capítulo, relatado desde un determinado punto de vista, está necesariamente incompleto y pide que la siguiente voz lo enriquezca. Es el lector quien, descubriendo una voz tras otra, completa poco a poco la historia como si de un puzle se tratara. Además, al interrumpirse para dejarle paso a otra narradora, cada voz crea una sensación de suspense: por un momento, una parte de la historia se deja a un lado y otra toma temporalmente el relevo. Esta eficacia narrativa explica en parte el éxito de la obra, aprobada por el gran público.

UN RETRATO DE LA SOCIEDAD DE LOS AÑOS SESENTA EN EL SUR DE ESTADOS UNIDOS

Criadas y señoras significa echar la vista atrás: escrita a partir del año 2000, se interesa por un periodo, en definitiva, reciente de la historia de Estados Unidos, pero poco evocado en la literatura. De hecho, la trama se desarrolla en Misisipi en 1962: a pesar de que a mediados de los años 40 se había prohibido la segregación racial, la sociedad del sur de Estados Unidos se encuentra escindida. Al darle la palabra a tres mujeres que ocupan posiciones diferentes en esta sociedad, Stockett convierte *Criadas y señoras* en una novela histórica: se examina y se evoca con realismo los usos y costumbres de esta sociedad y de esta época.

Cabe mencionar, por ejemplo, la educación de los niños y el destino de las mujeres: con la situación que vive Mae Mobley se alude al desinterés de la esposa por sus propios hijos, unos hijos que sin embargo debe tener para satisfacer las expectativas sociales. En esta misma línea, la insistencia de la madre de Skeeter sobre la importancia de responder a estas expectativas y de presentarse como una joven dulce y discreta, con el fin de encontrar un marido y tener una familia respetable, pone de manifiesto la presión que se ejerce sobre las mujeres de la burguesía. La cultura del sur de los Estados Unidos se deja ver sobre todo a través de las descripciones de los hábitos alimentarios y de los platos tradicionales que preparan las criadas, cuyas recetas Minny intenta transmitirle, no sin dificultades, a Celia Foote.

También se tienen en cuenta aspectos más serios de esta sociedad: la voluntad de dividir el espacio social hasta el menor de los detalles se ilustra a través de la insistencia de Hilly en lo referente al tema de los baños reservados a blancos o a negros. El libro que Skeeter encuentra cuando está investigando es la *Compilación de leyes de Jim Crow para los estados del Sur*, una «lista de leyes que establecen lo que las personas de color pueden y no pueden hacer en varios estados del Sur» (Stockett 2009, 189). Enumera las prohibiciones de mezclarse y recuerda las diferentes modalidades de segregación de los ciudadanos según su color de piel.

De esta forma, tanto desde el punto de vista del contexto político como desde el de las convenciones sociales, la novela dibuja un retrato de esta sociedad a la vez tan lejana y tan próxima, y de la que Estados Unidos es hoy en día heredero. Al elegir la fecha de 1962, Kathryn Stockett recuerda la importancia de una página de la historia contemporánea estadounidense: un año más tarde, el 28 de agosto de 1963, Martin Luther King (pastor estadounidense, 1929-1968) pronunciará su célebre discurso «*I have a dream*» durante la Marcha sobre Washington por el Trabajo y la Libertad. Después, en julio de 1964, se aprobará la Civil Rights Act, que ilegaliza cualquer discriminación basada en el color de piel, el sexo o el origen social de las personas.

Las tres narradoras, dos negras y una blanca, se sitúan de esta manera en los albores de estos cambios, cruciales para la sociedad estadounidense; se presentan como pioneras, a escala de la ciudad de Jackon, y sus destinos modestos se entremezclan con figuras ilustres como Rosa Parks (1913-2005) o Martin Luther King, que transformaron profundamente la sociedad de Estados Unidos.

UNA AMALGAMA DE REGISTROS

El retrato de esta sociedad violenta e injusta, en la que las relaciones de dominación se apoyan en principios racistas, se vuelve más ligera gracias al tratamiento cómico de algunos episodios, que permite que el lector se distraiga sin por ello aminorar la seriedad del resto del tema. Cabe destacar la inverosímil broma que le gasta Minny a Hilly para vengarse de ella: en el alimento de reemplazo utilizado en la tarta se reconoce un imaginario infantil, en el que la venganza permite realizar lo impensable y hacer que su enemigo se coma sus excrementos, tomándose un insulto al pie de la letra. A este episodio, que sitúa el gesto de Minny en una herencia rabelaisiana (Rabelais, escritor francés, 1494-1553), se le añade el de los retretes colocados con poca fortuna delante de la respetabilísima morada de los Holbrook: el símbolo de lo más íntimo es utilizado y trasladado a la esfera pública, lo que crea una situación cómica basada en la diferencia entre la imagen social perfecta que Hilly lucha por construir y el más ordinario de los objetos.

Con estos episodios cómicos, la novelista crea una válvula de escape en el relato y descarga regularmente la tensión: aunque las tres mujeres asumen un riesgo real al reunirse para escribir el libro, también es posible reírse de algunos de los disparates generados por esta sociedad desigual.

PISTAS PARA LA REFLEXIÓN

ALGUNAS PREGUNTAS PARA PROFUNDIZAR EN SU REFLEXIÓN...

- ¿Qué aporta la estructura polifónica de la novela?
- ¿Qué imagen de la comunidad negra se transmite en la novela?
- ¿Qué imagen de las mujeres ofrece la novela?
- ¿Qué imagen de Misisipi se proyecta en la novela?
- ¿Por qué podemos afirmar que el personaje de Skeeter corresponde a la figura de un escritor?
- ¿Qué representa el personaje de Celia Foote en la novela?
- En su opinión, ¿cuáles pueden ser los motivos del éxito cosechado por *Criadas y señoras* desde el momento de su publicación, tanto en Estados Unidos como en España?
- Compare la visión de la sociedad estadounidense, y especialmente la cuestión de la relación entre blancos y negros, de *Criadas y señoras* y de *Matar a un ruiseñor* de Harper Lee (1960).
- ¿Qué diferencias existen entre la novela y su adaptación cinematográfica, sobre todo en lo referente a la estructura narrativa? ¿Cuáles son las consecuencias de estas diferencias en el largometraje?

PARA IR MÁS ALLÁ

EDICIÓN DE REFERENCIA

- Stockett, Kathryn. 2009. *Criadas y señoras*. Traducido por Álvaro Abella. Madrid: Maeva.

ADAPTACIONES

- *Criadas y señoras*. Dirigida por Tate Taylor, con Emma Stone, Vida Davis, Octavia Spencer y Bryce Dallas. Estados Unidos, 2011.